EL PAPÁ DE LAS BELLEZAS

Felipe Trigo

En cuanto despertó el duque, púsose á toser como un desesperado. Del tabaco. Se lo decían los médicos. Veneno lento. Le causaba tos, anginas, palpitaciones cardíacas y trastornos visuales. Lo cual desaparecía así que fumaba menos ó por tres ó cuatro días dejaba de fumar.

Sacó un cigarrillo de su pitillera de piel de cocodrilo, y lo encendió.

¡Al diablo la higiene y los doctores!
¡Hombre! ¡pues tendría que ver...! Estos parecían preocuparse únicamente de descubrirle aspectos perniciosos á cuanto hace la vida llevadera: el vino, el juego, las mujeres, el tabaco...

Cuatro elementos sin los cuales él se habría pegado un tiro.

Y no porque el eximio duque de Puentenegro, heredero de cien nobles que lucharon en Flandes y en Italia, y que tenían llena la hispana historia con la gloria de sus nombres, dejase de ser un grande aficionado á altas empresas, sino porque las altas empresas, dignas de los grandes, habíanse agotado en el ambiente democrático actual.

¿Qué, meterse él, Hipólito, tal que sus hermanos y tantos otros, á minero, á ganadero, á productor de vinos, á fabricante de azúcar ó fabricante de papel, ni más ni menos que cualquier burguesete pelagatos?
¡Bah!... La misión de un prócer, á través de la presente plebeyez insoportable, debiera ser, y nada más, pasearle al mundo por las cochinas narices democráticas los faustos de su estirpe.

Así había él venido realizándolo siempre, siempre, desde el primer albor de juventud, para haber logrado esta insuperable fama de mundanidad y de elegancia, mal que bien, todavía prendida en el chic de su monóculo, do sus polainas blancas, de su pantalón arremangado y de su flor azul en el ojal.

Ciertamente que ahora, á los cincuenta y cinco años, y mientras que sus marqueses y condes hermanos, los mineros, seguían con más millones en la esplendidez de sus palacios, él, arruinado, sin un céntimo, hubiese tenido que pedirle prestado un coche á cualquiera de ellos, á querer seguir rodando por Madrid con blasones y lacayos familiares... ¿qué importaba?... «Altivo, para no descender jamás á la menor humillación, la memoria ya un poco lejana de sus autos y de sus excelentes cuadras de carreras persistía en la admiración deslumbrada de las gentes, conservándole la aureola de prestigios.

Ruina dorada y digna la suya, al fin; puesto que aún podía dormir, casi como destronado emperador, en chambres como ésta...

La revisó -á la luz que dejaba filtrar la seda salmón de las cortinas desde los balcones mal cerrados. En el lecho le cubrían holandas, ricos damascos grosella y un suavísimo edredón azul celeste; sobre su cabeza volaba un rojo dosel lleno de borlas y cordones: tendíanse por ambos lados del suelo pieles y alfombrillas persas, y á lo largo de los tapizados muros alzábanse no mal, entre muelles marquesitas y hondas otomanas, los paravents, los armarios blancos, los espejos, la mesita-tocador bien surtida de perfumes...

¡Bueno! ¡Un poco cursi todo!... Era la verdad.

Un poco cursi. ¡Pobres chicas!... y un tanto tendencioso.

El consabido lujo de alcoba de los portafolios galantes del París.

Por ejemplo, una de las biseladas y apaisadas lunas, había sido puesta con perversa ingenuidad de modo que copiase á los yacentes en la cama; y una gran oleografía, enfrente del Cristo de marfil, representaba una pagana Leda demasiado ostentosamente expuesta al pico de su cisne.

Ya iría haciendo modificar las cosas poco á poco.

Tiró el cigarro. Despertábase con hambre.

Tocó el timbre, para que le trajese la doncella el desayuno.

-¿Señor duque?
-Adelante, Clarisa.

-Con permiso.

Pasó la simpática muchacha.

-Mira, Clarisita: tráeme... me vas á traer de desayuno, medio limón, te, rootsbif frío, queso de Roquefort con mostaza y una copa de Madera.

-Pero... ¡Señor duque!
-Vamos... de Madera. ¡Quiero decir, de-vino de Madera! -explicó el duque.

Y sonrió.

Las pobres menegildas madrileñas no estaban hechas á sus gustos pantagruélicos y exóticos, forjados sobre las costumbres rusas, inglesas, alemanas.

-Sí, sí, mujer. Trae todo eso. ¿Es que no lo hay, quizás?
-Si, señor duque; haberlo si lo hay. Pero... son las tres de la tarde.

-¡Las tres!
-¿Y á qué hora van á almorzar el señor duque y la señorita?
-¡Caramba, nena! ¡Conque las tres!... ¿Sabes que he dormido?... Abre, y que entre el sol Haz el favor de prepararme el traje claro, el de las listas...; no, el de cuadritos...; ó, no, mejor, el liso, el gris.

Mientras era obedecido, encendió perezosamente otro cigarro. Por un rato, siguiendo la veleidad del humo, planeó sus quehaceres de la tarde. Luego tornó la atención á Clarisa, honesta morenita «bastante bien empaquetada».

-¿Y la señorita?-preguntó.

-Acostada aún. Pero va también á levantarse. Ya ha pedido agua caliente.

-¿Sola?
-¿Qué, sola? ¿el agua?
-No. Ella.

-¿La señorita?
-Sí, la señorita; que si está sola en su cuarto.

-Creo que no.

-¿Con don Ramiro?
-No, señor duque; creo que no.

-¿Con quién, entonces?
-No sé. Vinieron tarde, anoche. Les abrió Cristina. Por la voz me pareció un poco don Arsenio, ó el señor Roca.

-¿Pues no dices que les has llevado agua caliente? ¿No les has visto?
-No, también Cristina. Puedo informarme, si al señor duque le interesa.

-¡Bah, quiá! ¡Déjalo!
Y como al mismo tiempo, con su perfecta naturalidad de gran señor, se desarropaba para levantarse, echando las desnudas piernas al borde de la cama, Clarisa dispúsose á partir, sintiendo alarmados sus pudores.

-¡Con permiso! ¿Se le ofrece al señor duque alguna cosa más?
-Nada, Clarisa. Anda con Dios. ¡Que esté pronto el almuerzo!
Partió la joven.

Hipólito la siguió con la vista, hasta que húbose perdido en el rojo cortinón.

Y cruzando la estancia, y tomando al paso del tocador, un frasco de Colonia, entró en la contigua con objeto de bañarse.

Fresco, pimpante, remozado, con el monóculo puesto, con la flor azul en el ojal, Hipólito, siempre irreprochablemente galante en sus maneras (¡ah, sus maneras! ¡la suprema dignidad de sus maneras!), entreabrió á la puerta del comedor las colgaduras, sé inclinó, y con su voz armónica (¡ah, su voz armónica, pausada, un poco ronca, musical y grave cual si en ella tremolasen dos cuerdas de violonchelo á un tiempo!) pidió permiso:
-¿Se puede?
No obtuvo respuesta.

Entró. Cruzó á lo largo de la blanca alfombra y fué á tenderse en la poltrona.

Luz no había acudido.

Sacó un pitillo, lo encendió, y entretúvose en considerar este otro bien que le debían sus refinados gustos de comodidad á su armónica voz y á sus maneras: salón-comedor casi suntuoso, pálido, de gusto inglés, con bronces y platas y finísima vajilla, con flores, con butacas y divanes, con araña modernista, con alfombra...

Bueno, sí, sí... un poco cursi..., ¡claro!.... pobres muchachas éstas!... La alfombra, por ejemplo,... ¡en Junio, con un calor que el Nuncio se tostaba!... y aquellos cuadros de desnudos...

Ya lo iría enmendando todo lentamente.

Llegó Luz.

¡Guapísima!... Había entrado con un gran bouquet de rosas, sin saber que él estuviese aquí; y, sin verle, habíase dirigido á ordenar las flores en un jarrón de enfrente.

¡Guapísima! ¡guapísima!... Un tanto cursi, á la verdad, la bata de sedas lilas llena de randas y de cintas, con que ella había salido de la alcoba... pero, ¡guapísima! ¡guapísima, y auténticos aquellos pendientes de brillantes acerados, tamaño media peseta, del burro de Fajarnés!

¡Oh, y desnuda... ¡qué prodigio! Griega, enteramente. Clásica -y podía afirmarlo Hipólito, sabio en cuestiones de belleza: las piernas finas; los muslos largos, poderosos; los senos como dos triunfos del raso y de la rosa y de la nieve...

Se estremeció Luz, «su hija» ¡nada menos!... vuelta de improviso, habríale sorprendido en la cara, tal-vez, la expresión de estos pensamientos reprochables...

-¡Oh, padre mío! ¡Papá! -había exclamado ella, viniendo á arrojársele en los brazos.

Y él, que ya esperábala de pie, la acogió en los suyos abiertos, la estrechó á su corazón, y replicó, entre besos, con el mismo tono exaltado de ternuras:

-¡Oh, hija mía, Luz, muy buenos días! ¿Has dormido bien?

Aunque habitaban la misma casa, las sendas ocupaciones tan distintas hacíanlos verse de tarde en tarde -como, no fuera en estos viernes de los almuerzos y las cenas consabidos.

Por eso era mayor la efusión de sus abrazos.

Exacerbábasele á ella la ternura, allí, tan unida á él, sumiéndola, como siempre, en una vergüenza que la ponía á punto de llorar, é Hipólito, para cortarla esta emoción, la impulsó plácidamente hacia la mesa.

-Vamos, vamos á almorzar, nena. No estés triste.

La dejó sentada, y fué á sentarse. La bellísima mujer, más bella en el conflicto de sus rubores dolorosos y de su condescendencia á la alegría, se quedó extasiadamente observando los rítmicos movimientos del duque... ¡de su padre!

En el amplio comedor flotaba sobre ambos una santa paz de decoros y respetos. Clarisa les servía, igualmente infiltrada de tanta dignidad. Pero, sonó en esto el timbre de la escalera, sonó la puerta, é inmediatamente se oyeron las voces de una dama y de dos señores que, á pesar de las tímidas protestas de Cristina, pretendían entrar como en terreno conquistado.

Luz, lívida, se levantó.

El duque se quedó también suspenso y en escucha.

Los dos habían reconocido á Carmen la Churriana, á Felipe Lúgigo amante de ésta y al barón de Villalucena del Castil, joven provinciano que se arruinaba en Madrid rápidamente, y bravo competidor, con Fajarnés, en lo de regalarle á Luz fulgidos brillantes.

-¡Oh, no, no, que no entren! -impúsole á Clarisa, loca de indignación, la dueña de la casa. -¡Anda, ve, corre, cierra! ¡Que se marchen! ¡Que se marchen!
Los de fuera hablaban del auto que aguardábalos abajo para una excursión al Escorial... La imprudentísima Churriana reclamaba á Luz á grandes gritos... Lograron las sirvientes persuadirles de que Luz estaba ausente, y se los sintió partir entre no muy limpios reniegos del barón...

-¡Ah, papá, no ves? -clamó Luz, deshecha en lágrimas, cuando pudo volver á su asiento de la mesa. -¡Qué vida! ¡Qué vida! ¡Por Dios!
Sin dejar de comer con su distinción insuperable, Hipólito trató de consolarla:
-¡Anda, come, hija mía! ¡Por favor, no te disgustes!... Bien reconozco en ti la sangre de cien duques, la sangre hasta de reyes que corre por tus venas y mis venas.

Llevóse á la boca medio langostino, correctamente, y lamentó:
-¡Ah, si mis hermanos, si tu abuela, si nuestros ilustres ascendientes pudiesen adivinar y comprenderle tanto ultraje á nuestro orgullo!
Calló, para mascar bien el langostino. Bebió luego chablís, y digno, digno eternamente, con un velo de augusta serenidad forzada cubrió la acerbidad de su tormento.

Habían hablado de estas cosas tristes varias veces, sin hallarlas solución; por lo tanto, Luz, malherida en su flamante y aristocrática altivez, y recogida á la dulzura del cariño paternal, prefirió no insistir en el empeño.

Comió también, y demandó en seguida:
-Oye, papá...

-¡Chist!...-la atajó el duque, advirtiendo que apenas había traspuesto la puerta Clarisa, -¡delante de las criadas, llámame Hipólito, y no papá! ¿A qué enterarlas?
-Bien, si ya estaba fuera. Digo que por qué has dicho sangre de reyes también... ¿es que fue rey alguno de nuestros antepasados?
Tuvo que sonreírse Hipólito. Luz le había lanzado tal pregunta en un fulgurador relámpago de todas las vanidades de su estirpe, como si positivamente fuese una Puentenegro Ruiz de España Ibraleón de Casas de Palencia, escrupulosamente interesada en depurar su ejecutoria, y no la hija anónima de Inés la Aljecireña, figuranta del Real.

Mas como, por otra parte-, era cierto que la rama de los Puentenegro podía pavonearse con el alto honor de una regia bastardía, por lucirlo, al mismo tiempo que adulaba á Luz, púsose á informarla.

La cosa venía nada menos que de Carlos II el Hechizado; y la hechicera que le hechizó, dijesen lo que dijesen las historias, fué una preciosísima señorita de la corte, condesa de Puentenegro, á la sazón, que por el don de su inocencia en los egregios brazos, recibió la ducal categoría. De aquellos amores, parece ser que hubo cinco, entre hembras y varones, de familia...; enterada la reina de la traición de su marido, se confabuló con los magnates para mandar desterrada á la ilustre Puentenegro á Córcega...

-¿Mira, ves? -comprobó Hipólito, quitándose y entregándole á Luz un anillo con las armas de su casa. -Por eso podrás notar que tiene nuestro escudo un Corzo, que quiere decir Córcega, un mar, el que rodea á la misma isla, y banda de oro diagonal... que significa la ascendencia ilegítima de reyes.

-¿Ilegítima?-inquirió la joven, luego de mirar el anillo heráldico, y toda inflamada en ingenua complacencia, -de modo que... también la condesa, -nuestra abuela, fué... como mamá!

- ¿Cómo, como mamá?

-Sí, como mamá... contigo; sino que en vez de duque, fué rey el que la deshonró.

Se inmutó Hipólito; pero no supo rechazar, dado el supuesto de que él hubiese deshonrado á Inés la Algecireña, la bien poco honorable semejanza de conducta que Luz le señalaba á la una y á la otra. ¿Qué iba él á intentar siquiera explicarle á una ignorantísima muchacha las morales diferencias entre un pendón que se daba á duques y no duques por diez duros, y una ilustre condesita loca por un rey á cuenta de ducados?...

Además, desviaba la atención de esto la curiosidad de Luz, que, fija en la sortija, é inflamada en entusiasmo por los timbres de su raza, iba preguntando ahora los simbolismos de los otros signos del escudo: los; veros, los roeles... los cuarteles punteados ó rayados ó lisos para indicar que eran de azur ó de sinople ó de plata... El duque hizo gala de su sapiencia, en esta suerte de problemas, nada fáciles para los profanos, para los plebeyos; y la plebeya, según iban almorzando y escuchándole, aparecíasele más deslumbrada de aristocráticas grandezas y más contenta de ella propia, en la gratitud hacia él, cuya paternidad inesperada habíala descubierto aristócrata á sí misma.

-¡Oh, que lástima -lamentábase á la hora del café, -que no me dejes, que yo no pueda llevar un escudo así en la portezuela de mi coche! Y puesto que Hipólito callaba penosamente, por no oponerse á la viva ansia de ella, una vez más, ya que su situación de ruina le impedía dignificar á la hija queridísima cuyo casual encuentro había querido Dios que fuese tan tardío, Luz se conformó con quedárselo mirando llena de piedad y de generosísima avidez, en su cariño.

-Mira, papá-le dijo, dejándose arrastrar por una patética explosión de sus afectos, -ya que tu económica situación no te permite, ahora cuando menos, sacarme y redimirme de esta vida de infamia, yo te ruego que, siquiera, y entretanto, me dejes hacer á mí cuanto á una buena hija corresponde. Tú debieras venirte á mi casa, no á dormir todos los días, no á almorzar y á cenar cada viernes, para que podamos vernos y hablarnos una vez en la semana; como ahora estás haciendo; sino á vivir, á trasladarte, á comer y á cenar siempre á mi lado ¿Quieres? ¿Por qué no quieres?

Una larga y ducal mirada de Hipólito, agradeció esta invitación.

-¡Gracias, Luz, hija mía!-replicó dulce y severísimo. -Gracias, muchas gracias; pero yo tengo mi casa y mi vida, y no debes exigirme, por favor, más sacrificio que éste que hago acompañándote los viernes á la mesa.

-Pues, ¿no duermes aquí?

-Sí, porque no te supone gasto alguno; y por sentirte más cerca de mi sueño.

-Podías ahorrarte, entonces, el alquiler de tu vivienda, de tu cocinero, de tus criados, ¡vente, papá!

-¡Jamás, Lucita mía! -se obstinó él, aceptando los besos con que Luz, después de haber rodeado la mesa y sentada en el brazo del sillón, acariciábale la frente. -Ni mi pasajero agobio es tan completo que de todo eso haya de privarme, ni debes olvidar que tengo pleitos, y amigos, y abogados que me visitan con frecuencia y que no podrían hacerlo en otro sitio que mi casa. Y, adiós, hijita, voy á salir. Son las cuatro. En el círculo me aguarda Campuzano.

Se levantó y deslizó, sacudiéndose del pantalón unas migajas.

-¿Tienes demás algún dinero?

-Sí, papá. ¿Mil pesetas?

-¡Vengan!

-Tengo más, si quieres más.

-¡No, no, en modo alguno, pobrecilla!

Salió Luz, para buscarlas.

Salió el duque, para coger en su alcoba el sombrero y el bastón.

Volvieron á reunirse cerca de la puerta, en el pasillo. Entregados y guardados los billetes, Luz le despidió con nuevos besos.

-¿Hasta la noche, verdad?

-Hasta la noche, nenita.

La hija besábale en la cura. Él, sin darse cuenta acaso, estrechábala con demasiada fuerza, cuerpo á cuerpo, y la iba buscando la boca con la boca... Pero fuese por advertencia á tiempo de él, fuese por instintivo rechazo de ella, apenas si hicieron más que tocarse levemente los ducales labios y los labios juveniles...

-¡Adiós!
-¡Adiós!
Dijéronse últimamente, sin nombres cariñosos, tocados de discreción por la presencia de Clarisa, que había acudido á abrir la puerta.

El duque, desentendiéndose de Luz y de sus malos pensamientos, los trasladó á la morena doncellita, al cruzar.-«Tampoco está mal empaquetada este muchacha!» -iba pensando.

Y Luz, llevando en la boca, abrasadora, aunque leve, la impresión de los labios de su padre, llena de pena aristocrática (un tinte de la pena que ella no conocía dos meses antes), se refugió en el comedor y se abrumó en una butaca con un abrumo de tragedia.

-¡Ella, la cocota, la descendiente de reyes, la duquesa de Puentenegro...! ¡Y pensar que sesenta días atrás había sido por tres noches la amante de su padre, sin saber que era su padre!!

IV

-¡Hola, duque!
-¡Hola, duque!
-¡Muy buenas, señor duque!
Le saludaron, con deferentísimas estimas, con profundos rendimientos.

Sólo otro noble arruinado, que estaba en el hall, osó deslizarle á su tertulia:
-¡Caramba! ¿De dónde habrá sacado el dinero nuevamente?
No le hicieron caso. Cargáronle la insidia a cuenta de la envidia.

El duque, triunfal, distinguidísimo, contestaba principescamente á los saludos, cruzando salones y dirigiéndose al de juego.

Treinta y cuarenta. Se sentó y jugó. A las cinco había ganado seiscientas doce pesetas. A las seis, después de una terrible oscilación en que casi llegó á perder la mil de su cartera, habíalas recuperado, y ganado, además, tres mil. ¡Bien! Nadie habría podido notar la menor inmutación. Lo mismo mientras la suerte le ayudó, que cuando habíale sido adversa, conversaba indiferente con un joven. ¡Sabía que en el juego es donde se conoce mejor la educación de una persona!
Sin embargo, se administraba. Le era preciso administrarse.

Se levantó y salió del Círculo.

En la puerta tomó un auto -cuya capota hizo bajar. Espléndida la tarde.

-¡A la castellana! -mandó al chauffeur.

Minuto y medio después, á toda marcha, entraba en el animadísimo paseo. Las gentes le miraban; las damas; y sobre todo las cocotas. «Adiós, duque!»; «¡Adiós, duque!»; «¡Adiós, Hipólito!... Naturalmente, él se había acostado con muchas. Constituían su especialidad, desde que se aburrió de las inútiles marquesas y condesas. Las jóvenes, las nuevas, le interesaban predilectamente;

no sólo las conocía por la juventud y por las caras, sino por su modo de ir en los coches... ¡Pobrecillas!... poco, acostumbradas á la lujosa exposición, ó iban encogidas, sin moverse en sus asientos, temerosas, quizás, de estropearlos, ó, al revés, tumbadas y con los pies abiertos, como los estudiantes que por primera vez se asocian para dar el golpe y lucir los calcetines tomando entre dos ó tres un pesetero.

-¡Adiós!
¡Oh, Laura! Otra hija suya. Tan bonita y tan gordita. Discreta, habíale apenas saludado con el ramo de violetas, y con una sonrisa imperceptible. Un fuego y un encanto, la revoltosísima Laurita. También, acaso, como á Luz, habíale declarado demasiado pronto el secreto paternal».

Pero de sus cinco hijas, la más ardiente, la más castiza, era Totó. Tomasa, por nombre de su niñez de lavandera. ¡Qué brutal Aún conservaba Hipólito junto á la cintura, el cardenal del mordisco que aquella noche le atizó.

Luz, Laura, Totó, Margarita, Bebé la Carbonera... sus cinco hijas. ¡Oh, duquesitas infelices, tan contentas, sin embargo, al fin, de saberle su papá... como tan ajenas de saberse hermanas! Para vivir tranquilo, para reposar enteramente en la seguridad de los almuerzos y cenas de toda la semana, necesitaba otras dos.

¡Nada fácil encontrarlas!
No bastaba verlas bonitas y ostentosas por teatros y paseos, sino que hacía falta también conocer su origen con toda suerte de detalles...

Oprimió el avisador pneumático.

-Tú, chauffeur-ordenó, valiéndose del tubo. -¡A los Burgaleses!
Y mientras volvíase el automóvil, consultó el duque, impaciente, su reloj. Recordaba que á las siete tenía la cita con Maguilla.

Tres minutos después, ¡benditos automóviles de Círculo, que vuelan como los demás! encontró en el popular restorán á Maguilla, tomando un tenteempié de salchichón. Maguilla era un joven periodista, inteligente, pálido, sifilítico, muy metido entre mujeres, y que se tuteaba con el duque (salvadas, naturalmente, las distancias, los respetos) en fuerza de andar juntos en jaranas.

Además le servía de auxiliar y de... correo. Esta era la verdad.

Conversaron. Entráronse en materia desde luego. Interrumpidos un instante, allí en la intimidad del gabinete, por la llegada del camarero con un coñac para el duque, el joven periodista le siguió informando de todos los antecedentes familiares de Matilde la Chavala. Cumplía bien las indispensables condiciones. Danseuse de cines, teníala fija en Madrid y, retirada del trabajo, un viejo banquero -sin perjuicio de lo cual, la preciosísima muchacha procurábase aventuras por su cuenta. Sentimental y romántica, aunque tonta, contaba veintidós años, hacía seis que había muerto su madre, y ella...

-Bueno, pero ¡su madre...! es lo que importaba -excitó práctico el duque.

Maguilla ciñó sus referencias á la madre. Hija do un estanquero de la calle de Ferraz, nació el 68; de modo que por ahora, si viviese, podría frisar en los cincuenta. A los diez y siete, ó sea el 79 ó el 80, debutó como tiple en Variedades. Gran éxito. Su primer amante la disgustó con su familia. Un segundo amante la perfeccionó en el canto y en el baile, y la llevó á París. Gran éxito, y además, gran vida, en París, por cerca de tres lustros. Pero justamente el embarazo de esta chica, de Matilde, á la sazón...

-¿Cómo de Matilde? ¿Cómo á la sazón? -inquirió Hipólito. -¿Ya la tenía?
-¿A quién?
-A Matilde.

-¡Qué la iba á tener, si digo que entonces se quedó de ella embarazada!
--Vamos, de ella; ó mejor dicho, de otro y para que naciese esta Matilde... ¡Hay que expresarse, amigo periodista! Y bueno, toma, y vámonos, y sigues en el auto. Aquí huele muy mal á pies, á colillas, á demonios...

Se levantó, le regaló doscientas pesetillas; y salieron en el automóvil, derechos al Retiro, á fin de completar entre las frondas poéticas, la interesante información.

Maguilla. aunque pálido y flaco, vestía con tina acepillada pulcritud que no desdecía de la del duque por las calles.

V

En auto, naturalmente, y con otro gran señor auténtico, el marqués de Guanaján, vestidos los dos de smoking, el duque filaba hacia la Ciudad Lineal, para ver las luchas romanas, por la bella luna de los campos. Había comido con Luz, aunque por hallarse en fondos pudo hacerlo en restorán, y caballerescamente la había devuelto sus mil pesetas -aparte de haberla llevado un regalillo. ¡Oh, no! ¡Él no explotaba á sus hijas, pobrecitas!... Cuando el juego le favorecía, reintegrábalas, incluso con larqueza. Era su savoir faire. Era su modo de inspirarlas cariño y confianza, y de no pasar con ellas por un granuja maqueroc ó por un padre sin decoro.

Llegaron. Pasaron á la cancha. El público rugía. Vervet se daba de trompazos con el negro Anglio. Cerca de la mesa del duque y del marqués, tomaba asimismo cerveza una huéspeda gentil de la Cañón. Decíase que aquella chica, histérica ó mema de remate, en la noche anterior habíase llevado al holandés, Stignner, habíase gastado cuarenta duros convidándole á Champaña,... y habíase quedado, al fin, en blanco... porque el recio luchador no quiso amorosamente derrochar las fuerzas recobradas en la cena.

Y á pesar de todo, el duque, el clásico aristócrata que resumía las elegancias madrileñas, harto estaba viendo aquí que le llamaba la atención á las mujeres más que Stignner y más que Vervet y Anglio y que todos juntos los hercúleos luchadores...

Una grande y sonora costalada, indicó que el negro había sido vencido. La muchedumbre rugió y desfiló, en mucha parte. No inspiraban curiosidad, tras esta artística barbarie de los hombres, los graciosos cantos y danzas de mujeres, que iban á seguir.

También el duque y el marqués salieron de la cancha.

-¿Eh? ¿Eh?-díjole el marqués al duque.-En cosa de espectáculos he aquí algo de tipo parisién. Lástima que no esté más cerca de Madrid.

Efectivamente, cruzándolo, miraban complacidos el cachet dél restorán; del amplio parque, al otro lado, con su aéreo aparato volador lleno de luces. No había, en verdad, ni la barca que se precipitaba al lago, vista por Hipólito en Majec-City, ni los camellos de Luna Park, para que luciesen. las piernas las cocotas: pero sí había tiro, tobbogan, y un negro con taparrabos, que se chapuzaba en un estanque así que acertaba á desprenderle del trapecio un pelotazo.

Además, había un casino-teatro, con juego. Refugiáronse en él, y dentro de su luminosa animación no tardó Hipólito en divisar á Matilde, con Maguilla.

Para esto había venido.

-Cita; convenio con Maguilla -sin que la supiese la muchacha.

Cruzó, al brazo del marqués y ya pudo observar cómo llamaba la atención de Matilde, igual que de las otras que jugaban en las mesas ó consumían licores y cervezas en los palcos.

Maguilla se encargó de excitarle á Matilde su ducal admiración.

-Es el duque de Puentenegro, ¿verdad?
-El mismo, Matildita.

-¿Y amigo tuyo?... ¡Te ha saludado!
-Y amigo mío.

-¿Con quién está?
-Con el marqués de Granaján.

-No, digo... liado.

-Con nadie. Es hombre á quien le gusta picar de rosa en rosa. ¿Tú...
no le conoces?
Matilde vaciló.

-¡No!-respondió al fin, contrariada.

-Pues es extraño. Porque se trata de un hombre que se sabe á todas las hermosas al dedillo. Tanto, que se podría afirmar que no han sido consagradas como tales hasta que no han sido sus amigas.

Brillaron los ojos de Matilde. Al duque rodeábanle ya cuatro ó cinco mujeres, salidas de distintos sitios del teatro.

-¿Quieres presentármelo?
-¡Mujer!-repuso Maguilla, sonriente. -¡Si quieres!...Habrá que buscar una ocasión. ¡Vente á la ruleta!
Fueron. Jugaron cerca del duque. Al poco la presentación quedaba hecha; y no mucho después, los tres se retiraban á beber Champaña en otro palco, mientras el marqués de Guanaján se entretenía con seis artistas austriacas.

-Mira, duque -decía Matilde, ya medio borracha de vino, y de sentimentalismo, y tuteándole, allá á las dos de la mañana. -Te voy á llevar en un coche, á mi casa... ¡Yo te quiero, yo le quiero para mí!
La femenina concurrencia andaba pendiente de aquella buena suerte de Matilde.

¡El duque! ¡Ah, el duque!
Imposible, sin embargo. El duque, en esta misma noche tenía que resolver una cuestión de honor. Era el presidente de un tribunal que debería examinar con todo escrúpulo si debía ser descalificado, un caballero.... un ingeniero que había tardado más de sesenta horas en designar padrinos para un lance, después de haber querido apalear á los que hubo de enviarle el adversario...

-Bien, entonces, mañana, mañana... ¡Cenarás conmigo! ¿Lo prometes?
-Sí, mujer.

- No, no, es que has de darme tu palabra.

-¿Mi palabra:?... ¿y si al fin no puedo ir?
-¡Tu palabra! ¡Tu palabra!
-Bueno. Matildilla: mi palabra. Mañana, espérame á cenar.

VI

Era la tercera de las noches que, prudentemente distanciadas, Hipólito pasaba con Matilde. Fumaba él, de espaldas en el lecho, mientras ella, de codo contra el almohadón y con el negro pelo formándose dosel á las ebúrneas desnudeces hermosas y gitanas de los hombros, contábale su vida.

Recurso de todas estas mujeres con quienes, de otro modo, no se sabría qué hablar después de las caricias. Ansia de Matilde, además, en este caso, por sincerarse de torpezas con el gran señor que se había dignado aceptarla, agasajarla, y lucirla y darla cartel por teatros y paseos.

-Sí, mira, Hipólito; tú me creerás una salvaje cazada en el desierto... ¡y no!... Nací en París, y tengo más ilustración que muchas, puesto que soy, puesto que fui maestra de escuela, aquí donde me ves!
-¡Caramba! ¡Maestra de escuela!
-¿Te extraña?... Pues lo soy. ¡Vaya si lo soy!... Verás, mis tíos, unos hermanos de mi madre, que aún viven en la calle de Arlabán...

Hipólito concentró su atención para escucharla. Este detalle no convenía en los que le proporcionó Maguilla. Sin embargo, pronto se reajustó en la historia de Matilde, sin alterar lo principal, que para los designios del ilustre duque concentrábanse en la madre; y dejándola largamente referir cómo al quedarse huérfana, á los cuatro años, la recogieron sus parientes y trataron de encaminarla al bien, se dedicó á reflexionar si no fuese ya el momento de lanzarse á la escena trágica descubriéndola el «terrible secreto de familia»....

Guapa; apetitosa y hechicerísima gitana, de verdad... con su fuerte busto bravo, con su roja boca fresca y sus ojos tan profundos; pero bien saciado el de sus hechizos. Una mujer ¡qué diablo! (teoría del duque) lo mismo que un museo, no puede inspirar curiosidad sino en tanto que van conociéndose uno por uno todos sus misterios de belleza.

Por esta parte, pues, quedábase tranquilo de no imposibilitársela prematuramente como amante, según la impaciencia lo llevó á hacer, quizás, con Luz y con Laura.

Y en cuanto á hallarse para «el trance trágico» no mal apercibido, tenía la seguridad -después de sus indagaciones de tres días. La casa y las propias confesiones de Matilde, habíanle comprobado los datos de Maquilla, con relación á fechas y lugares, proporcionándole otros nuevos.

-Bueno -proseguía Matilde,- no creas que te cuento que estudié para igualarme contigo en finuras porque la instrucción que se da en España á las maestras, y especialmente en urbanidad, dista mucho de ser lo que debiera: sino para decirte que no soy tan bruta como otras... Aparte de esto, y por desdicha, el título sólo me sirvió para perderme, á pesar del intento de mis tíos. ¡Mira, es una indecencia! Hay que ver lo que en las oposiciones pasa...! Tres veces las hice, sabiendo más que nadie, y no me dieron plaza, porque sólo se las daban, si las maestritas eran lindas, á las que se acostaban con los jueces!... hasta que viéndolo así, más que claro, también me resolví...¡qué iba a hacer! ¡Sería mi sino... igual que lo había sido el de mi madre!
-¿También tu madre fué maestra?
-No. Artista. Vivía en París, siempre en París, y trabajó en los mejores teatros. Ella empezó á acostumbrase á cantar y á bailar, cuando chica. Me acuerdo poco de París, pero me acuerdo. Mi madre fué famosa, y muy bonita, muy bonita, más que yo. ¡Ah, claro, más que yo!... ¿Tú no ha visto el retrato de mi madre?
-No.

-Le tengo en el comedor: grande, pero no está bien, porque es de cuando era una chiquilla. ¡Aguárdate! ¡Vas á ver uno precioso, de mi álbum!
Saltó del lecho, ansiosa de poder, al menos, mostrarle á quien tenía tantas estirpes de grandeza, sus estirpes de hermosura, é Hipólito se estremeció.

El terrible momento iba á llegar, inaplazable.

Vió á la estatual y morenísima Matilde cruzar la estancia, mal envuelta en su derribada y minúscula camisa transparente; la vió desaparecer; la oyó trastear en un mueble de la sala contigua... y volvió á verla venir con el retrato.

-¡Toma! ¡Mira qué mujer!
Se había sentado en la cama, sin acostarse, por llevarse nuevamente el retrato, ó por inclinarse mejor á verlo hacia la luz, y el duque, teniéndolo en la mano, sin descomponer su pausa mayestática, se retrepó en el almohadón para mirarlo complaciente.

Siempre galán, concedió antes, aún, una ojeada á los hermosos muslos de la joven, mal velados y cruzados bajo el tronco.

-¡Qué muslos tienes, chiquilla!
Y apenas miró á la fotografía, y en tanto Matilde se bajaba la camisa instintivamente ruborosa, en el respeto, siempre santo, de una madre, las manos y la faz de Hipólito sufrieron una crispación, que bien pronto, en seguida, fué por su cuerpo todo, por su vida entera, una eléctrica conmoción que le dejó pasmado con aquella imagen delante de los ojos.

Matilde se sorprendió. El efecto no podía ser un simple efecto de admiración á la hermosura.

La sorpresa habíala hecho retirar la cabeza de junto á la de él, para observarle, y otro como insensato además de Hipólito la obligó á alejar aún más, llena de susto. En efecto, el duque, que en un desesperado retorcimiento del brazo había apartado de sí la cartulina, como si le inspirase horror, en otro movimiento igual había vuelto á acercársela, á acercársela más, cual si en ella le atrajese algún abismo.

-¿Qué es eso? ¿Qué tienes?-pudo inquirir Matilde.

En vez de responder, el duque, ya francamente sentado entre las ropas y con la cara en ansiedad, miraba alternativamente al retrato y á Matilde. Hubo un momento en que dijérase que sus nerviosas manos iban á romperlo ó á romper las sábanas, en una horrible crispación de inconsciencia y de delirio.

-¿Qué tienes? ¿Qué pasa? ¡Hipólito, por Dios!
Dos ó tres fulguraciones más en el semblante, y el insensato la tomó
de una muñeca con fuerza de tenaza.

-¡Tú, Matilde, tú...-inquirió muy cerca de ella, queriéndola arrancar
del alma misma la respuesta con el alma en fuego de sus ojos.-¡Tú...
eres, de verdad, la hija de esta mujer?
-!Oh!
-¡Dilo! ¡Dilo!
-¡Sí, su hija! ¡claro! ¡Sí!
- ¡Su hija? ¡Su hija...? ¿Su hija única ó tuviste alguna hermana?
-No, ninguna. ¡Sólo yo!
Hubo una pausa. La asustadísima joven, pensando que su madre
hubiese podido cometer algún crimen, con los ojos muy abiertos se
veía implacablemente examinar por algo así como el fiscal y duro
enojo del que poco antes sonreíala amante entre los brazos.

-¡Oh, Matilde, tú... pero, entonces, ¡contesta!, desdichada!... No es
cierto, no puede ser cierto que tengas diez y siete años, como dices,
sino veintiú...¡veintidós!
-Diez y... veinti...-vaciló tan sólo la aturdida.

-¡Veintidós! ¡Sí, sí, veintidós...! ¡Naciste en 1889! ¿No?
-Sí.

-¡Y murió tu madre el 94! ¡Y no te llamas Matilde tú, sino Irene Sanz,
como tu madre!
-¡Como mi madre! ¡Irene Sanz!
Brotaban las confirmaciones rápidas y dóciles, como las chispas de
un hierro encendido y golpeado. La última tuvo la virtud de erguir
en otra más rígida convulsión á Hipólito, que ciñó por fin con fuerte
abrazo á la desorientadísima Matilde, en una congoja de sollozos, al
tiempo que exclamaba:
-¡Ah, Irene, Irene! ¡Ah, hija mía!... ¡Hija de mi alma!... En qué
situación más espantosa han querido las burlas de la suerte que
encuentres á tu padre!
Escondía en el hombro de ella la pena y el bochorno, temblando,
queriendo fundirla todo á su mismo corazón. y ella, fría, atónita por

la noticia incomprensible, quedóse sin voz ni acento unos momentos.

Luego, pudo ronca interrogar:
-¡A mi padre! ¡Cómo que á mi padre! ¿Tú mi... mi padre? ¿Tú...? ¡¡Usted!!
Una trepidación de aquel que la estrechaba, de aquel que la estaba sofocando en un trémulo tormento de dolor y de ternura, fué la más elocuente réplica para el corazón de la infeliz. El llanto, profuso, infinito, inconsolable, la tronchó sobre el extraño hombre que asimismo desoladamente parecía llorar contra ella y el retrato queridísimo.

Y el llanto, con su calma de amargura, poco á poco, los fué desenlazando y los fué dejando frente á frente, mudos, abrumados, fija la vista en el leve espacio de cama que quedaba entre los dos, tal que en una sima de vergüenzas en donde hubiéraseles desvelado tan cruel un misterio pavoroso.

El duque habló, vaga y ahogadamente, por último, como si lo hiciese para oirse él mismo, en su conciencia:
-Fué en el verano de 1887, cuando yo marché á París, á la Embajada. Irene Sanz, tu madre, trabajaba en Folies Bergère. Nos conocimos, vivimos adorándonos dos años, y mi desventura hizo que á los quince días de nacer tú, á mí me trasladasen á la China, de ministro. Luego... ¡nada!... algunas cartas, el silencio, la distancia... quizá el olvido un poco ingrato de tu madre. Supe que murió, y los que me informaron no pudieron decirme nada de la hija... ¡De ti, pobre niña de mi alma!
Se desplomó brusco; cubriéndose la cara en el almohadón y con los brazos, y lloró más. La hijo le contempló absorta por la inmensa emoción indefinible de aquella imprevista paternidad ducal, y por el horror que aun allí su indecente desnudez estaba pregonando de haber sido poseída por su padre: horrorizada, asombrada, pues, en la complegidad de su emoción, fué su primer impulso deslizarse de aquel lecho y cubrirse su impudencia... Los primeros pasos los dió como una cobarde gata que se esquiva
sin ser vista; y luego ya un ropón al alcance de su mano, lo tomó y se lo vistió, y se lo ciñó...

¿Qué hacer después...? No lo sabía. Hacia el duque, hacia aquel señor, hacia... ¡su padre! ¡ah, qué cosa tan tremenda! tendíansele tantas ansias de atracción como de vergüenza y de rechazo... ¡Poseída por él!... y él, también, sin duda, ahora, en su escondido llanto silencioso, maldeciría y renegaría de la hija prostituta y tan vil que pudo acostarse, como con cualquiera otro, con su padre.

La indecisión ó la rabia de verse siquiera los pies desnudos, hízola coger unas pantuflas... y al cabo, apoyada sobre un mueble, en un rincón, quedóse inmóvil.

De un sólo golpe, el destino acababa de abrirle alrededor los abismos ó los cielos de no sabíase qué cambios tenebrosos ó gloriosos.

Pero prolongábase la violenta situación, y tornó á acercarse como un espectro hacia la cama.

El desolado duque la sintió; tendió una mano, con solemne gesto de odio ó de piedad, y díjola:
-¡Vete!... ¡Déjame un momento, Irene!... ¡Espérame allí fuera!
Le obedeció ella como un espectro, ¡como un espectro!... Era entendido, Su padre querría vestirse también, dignificarse en lo posible. -La difícil conversación que iría á seguir, necesitaba otro escenario en que no estuviese este lecho maldito, incestuoso, acusador...

Matilde ó Irene, hija: de duque y prostituta, se fué á la sala, á esperarle.

Y esperó... esperaba llena de estupor y de impaciencia.

No sabía lo que iría á pasar, lo que tendría ella que decir, ni siquiera la actitud con que debiese de afrontar la rarísima entrevista.

El amante galán...¡habíasele trocado en... padre...! ¡y ella era una duquesa!
¡¡Una duquesa!!

De rato en rato sentía las aguas y los peines y cepillos del tocador, como si él se estuviese lavando y perfilando... purificándose para presentarse de nuevo lo más noble y grave que pudiese junto á ella.

En efecto, al no poco tiempo, le vió llegar. Venía correcto. Traía incluso el sombrero y el bastón.

La joven se levantó, y le oyó inmediatamente expresarse de esta suerte:
-Hija. Irene, niña de mi alma; lo que nos pasa es tan grave, tan extraño, que en vano ahora querríamos poder hablar nada con concierto. Necesito pensar mucho en esta noche. Mañana temprano volveré. ¡Hasta mañana!
La alzó la mano, dió en ella un yerto beso de espanto y de respeto (¡ah, qué beso! ¡Cómo la joven tuvo en él la plena revelación de todas las ducales dignidades!) y se alejó severamente doloroso hacia la puerta... En la puerta detúvole un instante todavía un ademán de consternación loca y una última mirada...

Irene se quedó llorando, largamente, largamente.... hora tras hora, y de vez en cuando se miraba en los espejos.

¡Duquesa!
¡Oh, duquesa!!
¡Tal era la esplendorosa impresión que le flotaba, que le predominaba aún por encima de aquella otra tan horrenda de haber sido, sin saberlo, la amante de su padre!
Lloraba, no por ella, acaso, sino por el gran dolor que en la larga noche estuviese atormentando á su padre el duque.

Y el duque, mientras, en el Círculo, estaba haciéndose servir una cena suculenta... porque llevaba un hambre de tres mil pares de demonios.

VII

«Laura, mademoiselle, Lundi».

«Totó, mademoiselle Mardi».

«Margarita, mademoiselle Mercredi».

«Irene, mademoiselle Jeudi».

«Luz, mademoiselle Vendredi».

«Bebé la Carbonera, Mademoiselle Samedi».

Le faltaba, aunque no le era indispensable,.mademoiselle Dimanche.

Así, hombre políglota, apuntaba Hipólito sus cosas, en francés.

Y quería ello decir que tenía sentimentalmente y bien segura la pitanza de toda la semana.

-Bueno.... menos los domingos. Pero éstos, ó comería de restorán, gracias á su buena suerte al juego y á las metálicas generosidades de sus hijas, ó aprovecharíalos, tal como hoy, en darse alguna vuelta por su casa, por este abandonado y un tanto incómodo entresuelo de la calle de la Bolsa.

- ¡Ah! Él lo dejaría también, ante la cariñosa y terca insistencia de sus hijas por hospedarle enteramente -y en particular de Luz, la más romántica, y de esta gitana Irene sensitiva. Mas no; ya hacía de sobra con dormir, por excepción, en casa de Luz, conservando su propio entresuelito para darse en las tarjetas fe de hombre avecindado.

De esto cuidaba Juan, su antiguo mayordomo fiel, con la única misión de ir recibiendo acreedores durante los días de la semana, é indicándoles que el señor «seguía de viaje»...

Sólo los domingos, pues, porque acreedores y todo el mundo se daban al descanso, podía venirse aquí tranquilamente.

Además, Juan, pedícuro en su primera juventud, arreglábale como ninguno otro, y cada ocho días, los callos.

Guardó el cuaderno, de las notas. Descolgó el retrato de Irene de entre los otros «de familia». Fumó, y llamó á Juan, tendiéndole los pies.

Mientras el sirviente pedícuro íbale arreglando, el duque meditaba, y contemplaba el bellísimo retrato.

¡Qué diablo!... siempre se engañaba. ¡Una preciosidad, la chica! Creyó estar bien harto de ella, aquella noche, y he aquí que en su último jueves, el segundo de su nuevo turno establecido, ya tuvo que deplorar el haberla declarado hija con tanta rapidez.

Luz é Irene... ¡le daban unas ganas de comérselas, después de los almuerzos, ó luego de las cenas, como postre...!
Y resultaba un poco animal; era lo cierto No sabía disimular esta impresión. También á Irene, al menor descuido, largábale los paternales besos en la boca...

¡Oh, Irene! ¡Pobrecilla!... Ninguna, excepto Luz, había caído con tanto sentimentalismo en la tragedia!
Lo de siempre, al otro día del golpe formidable: que él no había podido dormir; que él no podía vivir pensando en el horror y en la fatalidad de su destino; que él á pesar de sus esfuerzos por seguir apareciendo fastuoso, á fin de conservar el crédito y ver de recobrar su fortuna alguna vez, pasaba á la sazón por una ruina que impedíale hacer nada, de momento, por la hija infortunada; que él, en fin, no veía otra solución que resignarse sin poder salvarla de lo inicuo á menos de condenarse los dos á la indignidad y á la pobreza... y que deberían guardar, jurar el secreto más profundo, en la próxima espera de un día de salvación que consintiéseles á ambos, doloridos, refugiar sus penas y cariños en un castillo de Alemania...

Y lo de siempre, en ellas también. El fantástico castillo familiar sosteníalas á maravilla, con sus rebeldes y flamantes empaques de duquesas, en la mártir resignación de seguir siendo cocotas...

¡Había que ver, el orgullo, la lucha de las lindas improvisadas duquesitas!... Y duquesas sólo para él, en la intimidad de los almuerzos y las cenas, á fuerza de ternezas y de llantos querían todas borrarle ¡al padre! sus recuerdos de la alcoba, brindándole sus mesas, sus llantos, su vida, su dinero...

¡Pobres!
«¡No, hijita mía! ¡Aunque de momento nada puedo hacer por ti, tampoco nada necesito...! En tu existencia de horror, me basta que me dediques un día de pureza y de cariño por semana. ¡Vendré á almorzar y á cenar contigo los jueves, hija mía!»
Lo triste y divertido con estas menos brutas, como Irene, como Luz. era el afán que las entraba por irse educando y afinando. Siempre al lado del padre, del duque, parecíalas ingenuamente hallarse deficientes en cuestión de urbanidad.

Irene, por ejemplo, tocada en el alma misma por aquella consagración aristocrática, poníase, para recibirle sus mejores trajes y joyas, leía historia y libros de blasones, quería aprender el alemán, y no cesaba de preguntarle sobre las buenas costumbres de una mesa.

«Bueno, mira, papá... estos sapitos que están aquí con la boca abierta, son para los huesos de aceituna: pero, ya veo que tú los echas en el plato. ¿Es que se deben poner en el plato?... Además, cuando me obsequiaste con el rabanillo, me lo diste con los dedos... ¿Se deben tomar sin tenedor los entremeses, ó es que tú lo hiciste así por ser un rábano y poder cogerlo por las hojas?»
¡Encantador!
Reíase Hipólito. Se le hacía, en su sencillez, Irene tan simpática, que se dedicó á instruirla en elegantes pormenores.

Y sostenían diálogos notables:
«Hija mía, el besugo, y los huevos fritos con tomate, por muy ricos que estén, son platos de taberna; y los enjuagadores unos trastos

arcaicos y antiestéticos. Porque ya nadie se debe enjuagar la boca al final de una comida.

«Anda, y entonces...! ¿qué...? ¿con el palillo?
«Menos, Irenita, menos; jamás los vuelvas á poner. El buen tono de Inglaterra, que es donde come bien la gente, los ha proscrito.

«Oye, entonces, yo, sin ir más lejos, que por tener estos dientes algo separados, se me mete la carne entre los dos, ¿cómo me la quito?
«De ningún modo. Te la dejas.

«¿Me la dejo?
«Sí.

«¿Hasta cuándo?
«Hasta que puedas levantarte y hacerte en el tocador una exquisita limpieza de la boca. ¡El palillo es una solemne porquería!
«Pues vaya, papá... la verdad..., ¡no, yo, no digo nada...!; pero, la verdad, más porquería, aun no contando la molestia, paréceme el estarse durante la comida, y después para el café y la sobremesa, con los dientes entrepados».

Tornaba á reírse Hipólito de la tosca sencillez de la muchacha -maestra de escuela, sin embargo.

¡Pobrecilla!
Pero se afinaba, igual que las demás. Retiró los palilleros, los enjuagadores, no puso más huevos fritos ni besugos, y por nada del mundo hubiese vuelto á despedazar los pescados con cuchillo.

Esta educación, y la digna sentimentalidad aristocrática que, iba ínvadiéndolas, las daba un aire de noble desdén y tristeza melancólica que hacíalas hacer más conquistas entre los hombres de buen gusto.

-Señor duque, ¡terminado! -anunció Juan, retirando el esmeril y los cepillos con que había estado bruñéndole las uñas. Y unos momentos después, calzado el duque, salió, y marchaba ágil, como nuevo, por las calles, con sus pies arregladitos.

VIII

¡Bravo!

¡Agosto! ¡el caluroso Agosto!... ¡San Sebastián! ¿Quién quedaba achicharrándose en Madrid?

He aquí el Gran Casino, los conciertos, la terraza... la inmensa Concha, serena como un lago.

Los inteligentes, los helénicos, los verdaderamente entendidos, claro es que echaban de menos la playa de Biarritz, donde tantas elegantes lucían los senos y los muslos y todo lo lucible, con tal que fuese bueno, bañándose en maillot. Aquí, no: las más lindas veíanse condenadas á cruel moralidad con las casetas junto al agua, con los desairados trajes al tobillo y con las antipáticas bañeras entrando á pleno mar para cubrirlas...

Hipólito, con los prismáticos, todas las mañanas, inútilmente habría querido volver á ver al disimulo las delicadísimas líneas de Luz, ó las arrogantes morenas formas de Matilde... vamos, de Irene.

Aunque no fuese más que verlas; porque el caso era que, desde que estábanle prohibidas, y singularmente estas dos, en el continuo trato, y con los rubores de ellas, filiales, colegialescos, se iba endiabladamente enamorando, como si él fuese un cadete.

En cambio, ¡misterio y paradoja! aquella entonada sociedad burguesa, que imponía la norma de pudores en la playa, bailaba que había que verla en el Casino.

-¿Quién es esa? -preguntó una noche. -¿Una cocota?
¡Quiá, hombre!-contestáronle. .-La hija del senador y fuerte banquero Irraulde, de Sevilla.

La hija de mi alma, se arrimaba lo mismo que una lapa á su galán: el pecho contra el pecho, atrás los codos, las piernas enlazadas, la cara materialmente acogida en la garganta del muchacho... ¡Dos criaturas, en fin, capaces de un primer premio en la Bombilla!

Subíase á las salas de juego. Allí encontraba su mundo. De sus seis hijas, él se había traído cinco, porque Totó tuvo que quedarse en Madrid, con un amante. Se dedicaba un rato á cada una, si estaban libres, haciéndolas cartel.

Efectivamente, unos, sólo porque el duque de Puentenegro las trataba, andaban locos tras ellas, pagándolas ya á tarifas dobles; y otros, más duros de pelar, extranjeros ó encopetados aristócratas indígenas, empezaban también á repararlas y á mirarlas...

-Oye, Hipólito, tú -solían decirle en estos corros de alta distinción, donde estaban un par de aquellos ricos amigos de alcurnia, y alguno de aquellos extranjeros archiduques, -¿quién es esa muchacha?
Y entonces, la respuesta de Hipólito tenía un dramático interés, un interés mucho mayor que la que á él le dieron de la niña sevillana.

-¡Ah, señores! -exclamaba, bajando el tono y doblándose en el velador hacia los contertulios por lo alto de las copas. -¡Toda una historia, quizás! ¡Un enigma para mí! Figuraos que la conozco en Madrid, al azar, en un teatro... que me acuesto con ella, y que una noche fatal descubro que es la hija de Irene Sanz, la famosísima danseuse que hizo furor en París allá por el 80. Pues bien, Irene Sanz, en París, fué dos años mi amante, más ó menos fiel; quedóse encinta, en aquello fecha, y... la fecha aquella, justamente, es la que da exacta la edad que tiene la chiquilla... ¡Un horror! Muerta tiempo hace Irene Sanz, me queda lastimosísimo el problema: ¿es mi hija ó no es mi hija esta Matilde...? ¡Horrible, horrible! ¡Irresoluble ! -terminaba con una carcajada no exenta de dolor en su descuido de buen tono. -Porque, ya ven ustedes, si lo fuese, y yo nada la he dicho, y ella ignora todo de su padre, ¿cómo no sacarla de tal vida?... pero, si no lo es, comprenderán la sandez que habría de resultar el gastarse uno el dinero con una chica á quien, por la simple duda, tendría que respetar. Me limito, pues, á ser su desinteresado protector y á socorrerla cuanto puedo, ¡pobrecilla!
La historia, nunca repetida ante las mismos, variaba en los antecedentes según que se tratase de Matilde ó de las otras; ¡ah, corazón humano! la cosa no marraba; estos próceres, estos nobles hombres, que al oirle interesábanse durante una hora en dolidas reflexiones y piadosos comentarios acerca del conflicto (tanto cuanto el dolor y la piedad no fuesen incompatiblemente cursis con la

impávida dignidad de sus noblezas), tres días después, seis días después, habíanse acostado todos con Luz, ó con Irene, ó con Totó... por el retepijotero antojo de acostarse con la posible duquesita hija de un amigo.

Lo cual ante sí propio iba acreditando á Hipólito de psicólogo infalible, y aumentándoles á las muchachas las joyas, los brillantes - pues claro es que á una duquesita no se la podía pagar como á cualquiera.

Por debajo de estos éxitos, sólo le inquietaba al duque la excesiva sentimentalidad que seguía invadiendo á algunas de las chicas. Luz y Matilde, en particular, y algo menos Totó, sosteníanle, cuando las veía á solas, escenas de rebeldía, de ansias de redención, cada vez más fuertes. O lo que era igual, cada vez más dulces y llenas de patéticos llantos y cariños.. «Hijas de él», «nietas de reyes», horrorizábalas el oprobio de la vida que llevaban, y preferirían, lejos de Madrid, consagrarse al padre en amor y en humildad.

Luz hasta llegaba á hablarle del convento. ¡Demonio!
En suma, que por lo mismo que les ponían mala cara á los hombres, casi desdeñándolos, éstos concedíanlas... más valor. No había en San Sebastián, de asediadas y bien vestidas y lujosas, otras como ellas.

Pero la afección, la verdadera adoración hacia el ducal padre prestigioso, que día tras día infiltraba de más romántica ternura á las tristes duquesitas, guió á Luz y a Matilde, las dos bondadosas sensitivas, en el mismo generoso afán de conocerse. Cada una de ellas, igual que cada una de las otras, al ver al padre mariposeando con las cinco, pensaba con dolor (¡oh, prodigio de la sangre aristocrática!) que el paternal decoro se arrastraba un poco bajamente por el vicio... Causábalas casi tanto daño como tener ellas que lucir delante de él su iniquidad, el tener que presenciar sus devaneos... Además, no era ya un joven; por mucha saludable arrogancia que luciese, su tos no provendría sólo del tabaco... Una noche le dió también un vahido en el salón.

-Papá, ¿por qué no te cuidas más? ¿Por qué andas siempre con mujeres?
Le habían dicho casi con auténticas palabras Matilde y Luz.

No eran ellas quiénes, por ningún concepto, para convertirse en misioneras de virtud, y ambas prefirieron intentar la regeneración indirectamente.

Esto es, recabando cada una de la obra, más ó menos hábiles, un poco de consideración hacia el... «señor venerable» que ya no era un chiquillo y que era amigo de las dos. En efecto, mutuamente observaban Luz y Matilde que eran las que reteníanle más tiempo; mutuamente, pues, engañábanse creyendo «que la otra» fuese la fatal querida predilecta de su padre.

Y una noche, á pretextos del juego (ya que el papá jamás las presentaba) aprovechando la ausencia de él, acercáronse, y habláronse. La conversación, al poco, prosiguió íntima allí fuera, en la terraza.

¡Oh, admiración! Guardando su secreto cada cual, como un delicadísimo tesoro, vinieron á saber, que sí, que Luz, como Matilde, y Matilde como Luz, habían sido las queridas del duque... pero que, halláronle al fin tan paternal, tan bueno, tan correcto, tan... no muy fuerte de salud, que ya no eran sino amigas...

-Mira, Luz, á mi me parece que quienes abusan de él son esas idiotas de Totó, Margaritilla, Bebé la Carbonera...

-Sí, sí, Matilde, sí, esas: Bebé la Carbonera. Totó, Margaritilla... ¡Si las hablásemos!
-¡Oh, no! ¡Son tan burras!
Sorprendiéronse una lágrima en los ojos... de igual triste y penosa abnegación, y estuvieron á punto de abrazarse.

Desde aquel momento quedaron en una entrañable intimidad.

Hipólito, al descubrirlo, se alarmó. ¡Caracoles! ¡Dos hijas cuyas confidencias podrían ponerle en grave apuro!
Tardó poco, sin embargo, en persuadirse de la inmensa, de la infinita discreción de las muchachas.

IX

Volvió á ponerse el antifaz y bajó del auto. Venía muy triste al baile, que tanto habíala gustado siempre. Cogida del brazo del joven conde que iba á ser su amante esta noche, cruzó vestíbulos y galerías, donde la marcha iba siendo más difícil cada vez.

Tomaron turno en la estrechez del guardarropa. No hablaron. Luz, con la mano en el crespón de la barbilla, sentía una verdadera repugnancia de alquilado... de tener que entregarse á un hombre más.

-¡Te aburres, mujer! ¿qué tienes?-la dijo el joven conde, sin poderla imaginar su íntimo y extraño drama de pudores.

Eran los únicas, acaso, que no gritaban en aquel tumulto de locura.

Llegaron tarde. Tanta gente había, que al desembocar en el foyer vieron el paso punto menos que imposible. Borrachos todos. Un remolino los tomó y los llevó casi en volandas al salón. Ya que mirar nada en torno era inútil, porque no se veía más que la compacta masa humana de algazara y colorines, Luz alzó los ojos á los palcos, al fondo también, á aquel en que ahora agrandábase el Real con la amplitud enorme de la escena. Aunque la recordaba de otros años, volvió á chocarla la estrambótica, la singular transformación: las plateas mostrábanse á ras del piso de madera que cubría la rampa de butacas; la orquesta perdíase entre las luces, siendo igual, por el estruendo, que sonase ó no, pues que así podían oirla las parejas, como bailar en tanto aprieto. ¡Verdad que bailar importaba lo de menos en el baile!
El confetti los detuvo al pie de un palco, en una gran batalla loca, contra quien no se sabría. Por rumbo, ó por ardor de la pelea, las tres guapas María Antonietas que lo ocupaban, y sus tres acompañantes, arrojaban enteros los cartuchos; rotos por el aire al ser devueltos ó al chocar con las barandas, deshacíanse sobre la gente en densa lluvia de colores. Una mascarita azul, de cara trianonesca, había quedado cubierta de papel verde como en una fantástica nevada.

Luz descubrió á su padre, grave siempre, siempre digno, en otro palco, en donde había, no obstante, una deshecha juerga de vinos y mujeres.

¡Ah, de qué buena gana hubiérase salvado, hubiérase recogido con él en un rincón!
-¡Bah, te aburres, mujer! -insistió contrariadamente el conde.-¡Ven! ¡Vamos á beber, para ponernos á tono!
Se dejó arrastrar, ella. El vino sería el mejor narcótico para lanzarla á la indecencia que esta noche, más que nunca, y sin saber por qué, su alma rechazaba. ¿Por qué había querido Dios descubrirla honorable duquesita si debía seguir en una vida inmunda como ésta...?
Descubrieron pronto una platea en que había amigos y amigas del conde. Con sólo hablarles éste, y anunciar que iban á dar la vuelta para entrar, ahorráronle á ambos el trabajo, haciéndoles saltar por la baranda. Brutalmente izada Luz por unos brazos de borrachos, descompusiéronla el traje, forzáronla á lucir las pantorrillas, y quedó sin antifaz... Bebió, bebió ávidamente por cerca de una hora, todas las copas que la daban, para soportar los besos y achuchones que allí se repartían...

Pero el champagne, la borrachera, no consiguió sino excitar sentimentalmente sus tristezas. Uno la dió un pellizco en un pecho. Otro la empujó hacia el antepalco y la quería forzar... y el conde, su pareja, en tanto, ya también borracho, creíase y se dedicaba á la misma brutalidad con las amigas.

Pero Luz logró rechazar al imprudente, y volvió á sentarse, con su pena, al pié de la baranda.

El teatro entero, visto desde allí, ofrecía más que desde abajo, sus crudezas, su realismo de tosca bacanal. Besos, mordiscos, puñetazos. Rizos sueltos y sedas desgarradas. Una que reía y gritaba allá, en un obscuro fondo; debatiéndose de tres sátiros de frac, y otras que festoneaban las barandillas, sentadas en los hierros ó con las piernas hacia fuera, lanzando arengas á la sala.

En torno á un entresuelo, abarrotado de hermosas, se enfocó la expectación; la gente se agolpaba, al advertir que una escotada y guapísima morena, que estaría, además, criando, por turno les daba de mamar á sus amigos; y crecían fuera de tal modo los aplausos al éxito de la desahogada, que ésta, en gratitud, acercóse francamente al antepecho, se sacó más los senos del escote, y con ambas manos se oprimió ambos picos, rociando de cortados y finos chorrillos al concurso.

Fué un hervir de infierno, que hubieron de acallar los inspectores... Gritos, alaridos, ovación, formidable clamor ronco de lujuria; pasado el vals, los hombres querían llevarse en triunfo á la muchacha.

Luz huyó otra vez el ansia noble de sus ojos al alto palco en donde había visto á su padre. Volvió á verle, solo ahora, siempre grave, siempre correctísimo, mirando triste el desenfreno, como ella, y ardientemente deseó ir á reunírsele; y puesto que en este mismo instante, el conde y los demás venían á reclamarla, porque locos, ebrios como uvas, entre el furioso rugir del antepalco, estaban celebrando con las otras un concurso de caderas... ella, arrastrada por la fuerza, encontró una oportunidad en la inconsciencia misma del tumulto, y abrió la puerta y escapó...

Con trabajo, librándose de soecísimos asaltos por pasillos y escaleras, preguntando ya en los pisos de arriba á los empleados del teatro, que conocían de más al duque, logró dar con el palco que buscaba. Abriéronle y entró. Creería que la había llevado allí su. afán inmenso de pureza, por encima del escándalo, como con alas de arcángel. El romanticismo, el sentimentalismo y la penosa borrachera, la hacían llorar. Llorando, pues, cayó en los brazos de «su padre».

-¡Oh, Luz! ¡Tú aquí...! ¿Qué traes? ¿Qué tienes? ¿Te han hecho algo, te han pegado?-inquirió éste alarmadísimo.

Hombre temible con las armas, y caballero incapaz de no tomar la rápida defensa de poco importara qué mujer, ya sus manos buscaban á aquel á quien debiesen imponerle duro correctivo...; pero Luz lo llevó abrazado al antepalco y le hizo caer con ella, llorando siempre, en un diván.

-¡No! ¡No tengo nada! ¡Que me ahogo, solamente que me ahogo! ¡Si es tuyo esto, que nadie entre á molestarnos! ¡Me ahogo! ¡Yo me ahogo!

Estrechando el gran abrazo de dulzura, de cariño, de refugio, de redención del tantísimo lodo de su ser, las lágrimas corríanle á torrentes por la cara.

-¡Mira, por Dios, yo te lo pido! ¡Llévame en seguida fuera de este antro! ¡Llévame contigo fuera, lejos, muy lejos de Madrid!

-¡Pero, chiquilla!

-¡Sí, sí, por Dios ó por lo que más quieras! ¡Sálvame! Sálvame!

-¡Pero muchacha! Pero... ¿de qué?

¡De la ignominia! ¡De la indecencia!

Había pronunciado estas frases con un horror que la hizo clavarse más convulsamente á Hipólito, y éste repitió:

-¡De la indecencia! ¡De la ignominia!... ¡Ah, sí, mujer, ya te comprendo!... ¡Pero también tú debes comprender... que es imposible! ¡Imposible!

La eterna imposibilidad; la negativa azotándola, como tantas otras veces, en este supremo instante de sus desesperaciones.

-¡Tranquilízate! ¡Descansa un rato, hija mía!¡Tú has bebido mucho, tal vez!

¿A qué insistir?... Cedieron desalentados los brazos de Luz, y muda y muerta continuó vertiendo la fuente de sus lágrimas sobre el hombro de aquel padre tan noble, tan bueno, pero asimismo tan infeliz que nada podía hacer para salvarla.

Por otra parte, era cierto; ella había bebido mucho, mucho, una enormidad... y la pesadez que la llenaba de un invencible sueño la cabeza, caíala sobre el dolor del corazón como un piadoso manto que contribuía con el amarguísimo llorar á irla calmando poco á poco... Diez minutos después, y mientras el duque fumaba tranquilamente su habano, Luz se había dormido.

¡Concho! -exclamó el «padre», al notario.

Tenía él igualmente una sorda borrachera digna, correcta, irreprochable, propia de un duque, y se resignó á fumar y á servirle de almohada á la bellísima durmiente.

Mas, ¡oh!... esta misma circunstancia de estar viéndola tan bella, turbó su placidez.

¡Su hija! ¡Qué demonio!
Su hija... que vendría harta de champaña y de que en propicios rincones del teatro saciáranse de su beldad quién supiese quiénes. Lástima y rabia que estuviésele prohibido sólo á él, que la deseaba más que nadie, que... casi la amaba, que casi la amaba en su nuevo seductor y sentimental aspecto.

¡Era tan bonita! ¡Era al mismo tiempo tan absurdo hallarse solo y contenido por su farsa de respetos con una mujer así, en medio del burdel!
Mirábala, y acariciábala la cara con la mano.

Un momento pensó en despertarla, en confesarla el embrollo de mentiras que hacían sufrir á cada uno á su manera, y manifestarla que queríala como amante para siempre. Con sus manejos del juego, y con lo que le siguiesen dando las demás, las otras hijas, pudiera sostenerla.

Desistió. Esta Luz, lo mismo que Matilde, habían tomado de más en serio la paternidad y el duquesismo. Compleja, pues, la cosa, y expuesto el resultado.

Sin embargo, su lógica impulsiva de borracho y la belleza de Luz, dábanle á sus manos harta menos sensatez que á sus reflexiones; y sus manos, que habían pasado pegajosas de la cara á la garganta, tardaron nada en encontrarse camino del escote.

Dormía, dormía ella pesadamente. Ansió él, siquiera, volver á ampliarle á las impresiones de su tacto y de sus ojos íntimos recuerdos de otros días, y la desabrochó
lento el dominó, y la fué desabotonando el peto. Suave como un aura, abrió las sedas y dejose amplios al placer de su mirada aquellos blancos y duros y perfectos senos ideales.

¡Ah, la cara, la roja boca, el albo cuerpo soberano de vacante que sólo á él estábanle prohibidos!

Sus dedos, sus manos, acariciaban la ardiente nieve de aquellos senos que tenían tersuras y tremores de tímidas palomas. Por fijar en ellos su avidez, no pudo fijarse en que los ojos de Luz, despiertos y muy sorprendidos y abiertos por semejantes maniobras, en su misma semiinconsciencia de borracha, estábanle observando. Y cuando el insigne duque fué á doblarse al corazón de ella, para darla un beso... ella, de pronto, toda horrorizada, en un ímpetu, se irguió llena de espanto y de amargura.

-¡Qué! ¡Oh, qué! ¡Dios mío! -fulminó cubriéndose la desnudez de sacrilegio.

Durante unos segundos Hipólito quedó bajo la bochornosa acusación de tal afrenta; pero, duque, duque al fin, rápido también en el sincerísimo pesar de su robo de cochero, reaccionó y supo encontrar la dignidad entre disculpas.

-¡Ah, hija mía, mi Luz! ¡Tenías una congoja! ¡Creí que ibas á ser víctima de un ataque, de alguna congestión, porque has bebido mucho, mucho, sin duda... y te desabroché y trataba de reaccionarte el corazón!... ¿Te encuentras bien, ya? ¿Completamente buena? ¡Oh, hija mía!
Luz le miraba ansiosamente, con una extraña mezcla, ahora, de horror y gratitud; y las correctas y cariñosísimas frases de «su padre» la hacían dudar de la escena inicua que sus turbados ojos creyeron comprender.

Nada respondía.

Había bebido mucho, mucho... y en verdad que no podía saber si el vino la dejó ver bien un agravio de padre, ó si fué á ella á quien la forzó á pagarle con el agravio más tremendo la dulce solicitud por atenderla en sus miserias de borracha...

Se dobló á las manos, y lloró con más asco de sí misma, con más pena que jamás.

-¡Cálmate, hijita, cálmate! ¡Tu congoja ya ha pasado!
Siguió llorando un rato, y al fin se levantó.

-¡Papá, haz el favor! ¡llévame á casa!

El duque se dispuso á complacerla, aunque con ánimo de volver, tanto por disfrutar del baile, cuanto por no prolongar en esta noche, junto á ella, la ingrata situación.¡Era visto el resultado, si él la hubiese descubierto ó insistiese en descubrirla su farsa y sus designios!

Partieron.

A la media hora, ya el duque otra vez en el baile, seguía preocupadísimo.

No podía creer que Luz no hubiese entendido la intención. Imbécilmente la había causado un disgusto que le podía costar su afecto, sus inmensas devociones... la pérdida, en fin, de la más segura de «sus hijas».

Conveníale, pues. no verla en unos días, dejándola abandonada á sus ternuras generosas y fiándole al tiempo los olvidos.

Antes de acostarse, en cuanto amaneciera, la escribiría diciendo que se ausentaba de Madrid un mes. Sin viaje alguno, se lo haría creer, con sólo no ir á dormir á la casa de ella, sino al entresuelo, de la calle de la Bolsa, y no apareciendo por los sitios en que pudieran tropezarse.

¡Ah! pero, además, puesto que Luz é Irene se habían hecho tan amigas, que se pasaban la vida juntas y llorando, le tendría que escribir lo mismo á Irene...

X

Con la boca seca, con el alma llagada de recuerdos, toda fatigadísima por los estragos del alcohol, despertó Luz á las once.

Lloró. Día horrible, tras la noche estúpida y funesta. La vida suya parecíala un sucio tormento. En su padre había querido salvar aquellas únicas inocencias de la niñez que la guardaba el corazón, y su padre, al que ya antes de saber que lo fuese la entregó como amante el sarcástico destino, había intentado de nuevo envilecerla, injuriarla... ¡¡poseerla!!
¿Habría querido... habría podido realmente su padre querer aquel horror?... Reconstituía la breve escena, tratando de penetrarla el sentido. La duda la mataba -porque continuaba sin saber si la maldita borrachera que los dos tuvieron, pudo inducirle á él al crimen, al agravio, ó á ella, engañada por el sueño y el champaña, á suponerlo.

¡Oh, la noble hija de duques y de reyes!... ¡La prostituta más encanallada por su padre ó por la gratuíta ofensa monstruosa que ella al padre le infería... y día por día, forzada aquí, de todos modos, á seguir siendo el lindo basurero de los hombres!...

Saltó de la cama. Habíase acordado de la buenísima Matilde, la única amiga que igualmente amargada, llorábale las penas, y en un febril afán de plena confidencia, púsose á vestirse para buscarla y llorar sobre su pecho.

Por la calle, la sorprendió el instinto de purezas que habíala hecho repugnar las galas y ponerse un simple traje obscuro.

También Matilde ¡la infeliz! guardaría en su vivir de escarnio algún hondo misterio que cien veces habíala dejado adivinar entre sollozos. Triste, más triste que ella, quizás, ayer mismo la dejó Luz muerta de enigmáticas vergüenzas, hablándole de no se supiese qué retiro en qué conventos, y negándose á acompañarla al baile del Real...

Llegó. Pasó. Matilde se peinaba, y recibió á la fraternal amiga sonriendo melancólica:

-Hola, Luz... ¿Qué; te divertiste anoche?... ¡Perdóname! ¡No quise ir! ¡Soy muy tonta, muy bruta!...

Pero reparó en su faz, é inquirió:
-¿Qué tienes? ¡Pareces una muerta!
Y como la ofrecía los brazos, Luz cayó en ellos con una explosión de llanto que la rasgó y la vació de un golpe el alma, el corazón, la vida entera, atormentada en el afán de darle á otra alma buena la totalidad de sus dolores.

-¡Oh, Matilde, Matilde, perdóname tú! ¡Sufro siempre mucho, porque no soy quien crees, porque yo tengo que lucirle á un padre, á un hombre que tú conoces, la indecencia de esta vida, y sufrí anoche lo indecible, lo horroroso, porque no sé si él anoche quiso poseerme, allí en un palco, ó yo le ofendí creyéndolo, en mi padre!
-¡Un padre! ¡Tu padre!... ¿Qué padre?
-¡Qué horror, Matilde, qué horror!... ¡Mira, sí, perdóname, Matilde... yo, que fuí su amante sin saber que era su hija, soy la hija del duque de Puentenegro!...

La noticia causó en Matilde el efecto de una bomba. Eléctricamente separada, preguntó:
-¡Del duque?
-¡Del duque! -confirmó Luz, no extrañada del asombro.

-¡Del duque! ¡Tú! ¡Tú hija del duque, Luz! ¡Tú, hija de... mi padre!!
El estupor, esta vez, las dejó á las dos petrificadas.

Se miraban.

Y-fué Luz quien ahora demandó:
-¿Cómo de tu padre?
Nada respondía Matilde. Lo que acababa de oír parecíala una burlesca copia de su historia, que Luz la lanzase por blasfemia. Pensó que alguien la hubiese dicho aquel oprobio de que ella hubiese sido la amante del duque, cuando no podía sospecharse su hija, y esta maldad llenábala de ira y de dolor contra la hipócrita.

Por un instante la contempló, dudando si escupirla y arrojarla de la casa. Pero al fin, el mártir aspecto y el llanto de Luz colmáronla de

confusión, y para descifrar el enigma, la cogió de una muñeca y la
condujo hacia el sofá:
-Ven, Luz, ven... Es necesario que hablemos, que te expliques.

Y el prólogo de lágrimas y de recelos con que empezaron las dos,
fué el prólogo de la verdadera, de la enorme, de la interesante y
profunda é infinita confidencia...

XI

Hipólito echaba de menos el confortable dormitorio de casa de Luz, y las excelentes comidas de Luz y de Matilde, que, entre todas las demás, esmerábanse en agasajarle. Por suerte, faltaban pocos días para cumplir el mes del viaje que las anunció.

Al siguiente recibió esta carta:
«Nuestro querido padre...»
¡Caracoles! «Nuestro»... ¿era que se juntaban dos para escribirle?
Volvió la plana del pequeño pliego, y vió dos firmas: Luz, Irene.

¡Caracoles! ¡Caracoles!
Tornó á leer.

«Nuestro querido padre: enteradas del secreto que nos hace hermanas por usted, á quien bendecimos, y horrorizadas y arrepentidas de la infame vida que llevábamos, hemos tomado una resolución: refugiarnos en el convento de las Margaritas del Pilar, hacia donde partimos esta noche.

Hemos realizado todas nuestras joyas, nuestros lujos, nuestros muebles, juntando también nuestros ahorros, que así ascienden á la suma de setenta y tres mil pesetas, y en casa del señor notario D. Luis Cañedo, Clavel, 11, puede usted presentarse á reclamarlas como un legado á su favor.

Esto, amado padre, le ayudará á recobrar más pronto su rango y su fortuna. Por cuanto á nosotras, nada necesitaremos de este mundo, y con lágrimas de puro cariño sincerísimo nos despedimos de usted, rogándole su bendición.

Luz. -Irene»

El duque separó la carta todo lo largo de su brazo.

Se reía.

No estaba mal, para guasita, en las dos nenas que, como era de temer con su amistad, habíanle descubierto la guasa de su engaño.

Y menos mal que decidieron tomarlo á broma, en vez de armarle una de pópulo barbaro al «papá».

Se fué al Círculo, pensando en aquellas dos sensibles bajas, que tendría que llenar con otras dos bellezas.

En el salón de juego le salió al encuentro Fajarnés:
-¡Hombre! ¡Duque!... ¿Sabe la noticia?... ¡El diablo que lo hubiese de pensar!
-¿Qué?
-Pues, ¡nada! ¡ahí es nada!... que dicen que nuestra amiga Luz se ha metido monja.

-¡Caracoles!
-Y cuando menos, ha quitado la casa y se ha marchado de Madrid.

-¡Caracoles!
-¡Lo más raro es que dicen que se ha ido con Matilde!
¡Oh, bah!... si el bueno de Fajarnés no estaba complicado en la guasita, era caso de enterarse.

Salió del Círculo.

Un auto le llevó á casa de Luz, donde le dijo la portera que ya no estaba la inquilina y todo lo habían vendido; y luego á casa de Irene, donde obtuvo igual razón... y luego, Clavel, 11, á casa del notario.

Y cuando el auto, al día siguiente, llenas ya las debidas formalidades, alejaba al duque de casa del notario, con setenta y tres mil auténticas pesetas en fajos de billetes, el duque repetía, loco de contento:
-¡Caracoles! ¡Caracoles! ¡Caracoles...! Esto es lo que se llama ser de una vez el papá de las Bellezas!
Fin